남남

백온유 소설 — joggen 그림

냠냠

창비

차 례

이서우를 좋아하게 된 이유는 내가 생각해도 이상하다.

선생님의 자잘한 심부름은 내게 익숙한 일이다. 나는 초등학교 4학년 때부터 중학교 2학년인 지금까지 오 년 내내 회장을 맡아 온 베테랑이기 때문이다. 솔직히 나만큼 두루두루 잘하고 모범적이며 책임감 있는 인물이 없기 때문에 매년 내가 회장에

당선되는 건 당연한 결과다. 회장이라고 해서 월급을 주는 것도 아니고 선생님이 시험 문제를 하나 더 짚어 주는 것도 아니기 때문에 나는 잔심부름과 막중한 책임감에 짓눌릴 때마다 내년부터는 절대 회장을 하지 않겠다 다짐해 놓고 이상하게도 회장 선거 날이 다가오면 가슴이 두근거린다. 친구들의 추천을 받아 선거에 출마한 뒤에는 밤새도록 외운 공약을 당당하게 말하고, 결국 회장 자리를 쟁취하고 만다. 안 그런 척하면서도 회장이라는 직책에 은근히 집착하는 것이다.

어쨌든 나는 회장으로서 부끄럽지 않을 만큼 열심히 봉사한다. 매년 유독 손이 많이 가는 애가 있기 마련인데 올해는 그게 바로 이서우였다. 숙제를 제출해야 할 때마다 이서우는 그런 숙제가 있었나

며 되묻거나, 수행 평가를 늦게 제출해서 내가 두세 번 교무실을 왔다 갔다 하게 만들었다. 체육 시간에 혼자 운동장에 안 내려와서 다시 교실로 올라가 데리고 와야 했고, 학기 초에는 스쿨 뱅킹 계좌 발급을 위한 부모님 동의서를 깜빡해서 서너 번씩 닦달하게 만들었다. 물을 때마다 조그마한 목소리로 "아 맞다, 미안해."라고 대답해서 화를 낼 수도 없었다. 내가 너무 스트레스를 받으니 나중에는 담임 선생님이 "부모님 동의서는 선생님이 서우 부모님께 전화해 볼게. 너무 스트레스받지 마, 채원아. 저기, 초콜릿 먹을래?" 하면서 나를 달랬다.

그런데 종례 후에 이서우에게만 따로 숙제를 알려 주고, "야, 이서우! 체육복 갈아입어. 운동장 나가야 돼.", "야, 이서우. 우리 내일부터 하복 입는

다.” 이렇게 따로 말해 주다 보니 자꾸 이서우와 눈을 맞추게 됐다. 나는 어느 날 이서우의 눈동자가 연한 갈색이라는 것을 알게 됐고, ‘내가 좋아하는 배우 눈동자도 연한 갈색인데…… 그 배우 진짜 예쁜데……. 뭐, 이서우도 좀 예쁘네.’ 이렇게 생각하게 되어 버렸다.

그날 밤, 나는 이서우에게 문자로 ‘야, 이서우. 수행 평가 까먹으면 죽는다.’ 하고 문자를 보냈다. 그런 뒤 ‘난 회장이니까…… 회장으로서 반 애 챙겨 주는 건 당연한 거니까…….’ 하고 이서우 쪽으로 향하는 관심을 스스로 합리화했다. 그런데 이서우에게서 ‘땡큐, 김채원.’ 하고 답장이 오자마자 갑자기 심장이 터질 것 같았다. 바로 인정했다. 그래, 난 이서우 좋아해.

이상하지만 나는 이렇게 이서우를 좋아하게 됐다.

*

"채원이네 집 가자."

종례가 끝나고 누군가 소리치면 애들은 내 옆에 아기 새처럼 옹기종기 모인다. 나는 웃으면서 "그래, 가자!" 하고 외치지만 속으로는 '너희들, 돈은 있지?'라고 묻고 싶다.

엄마는 마흔다섯 살에 적성을 찾았다. 그 전에 꽤 여러 번 실패를 했다. 어렸을 때는 공무원 시험 준비를 했다고 한다. 다섯 번 도전했는데 전부 떨어졌고, 그 후에는 카페를 창업했다. 친한 친구와

동업을 했는데, 카페가 망해서 돈도 잃고 친구도 잃었다고 들었다. 내가 초등학교에 다닐 때는 신발 가게를 열었다. 기억 속 엄마는 자주 울상을 지으며 당황했다. 이상하게도 우리 가게에는 매번 손님이 찾는 치수의 신발이 없었다. 꼭 5밀리미터가 크거나 작거나 했는데 엄마는 허둥지둥하다가 더듬거리며 "저기 손님…… 그냥 신으시면 안 될까요?"하며 사정하곤 했다. 내가 중학교에 입학하기 전에 결국 엄마는 '사장님이 미쳤어요!' 현수막을 걸고 신발을 싸게 팔아넘긴 후 가게를 접었다.

여러 번의 실패 끝에 개업한 분식집은 초등학교, 중학교, 고등학교가 전부 가까이에 있어 자리는 좋았지만 월세가 비쌌다. 개업을 하기 전부터 엄마는 걱정이 이만저만 아니었다. 하지만 떡볶이

는 금세 입소문을 탔고 단기간에 매출이 엄청나게 올랐다. 집에서 엄마가 떡볶이를 해 줄 때마다 혼자 먹기에는 아까운 떡볶이라고, 이건 팔아야 한다고 주장하긴 했지만 이 정도로 대박이 날 줄은 몰랐기에 나도 얼떨떨한 기분이었다.

나는 가게에 손님이 많은 것이 좋기도 하고 싫기도 했다. 누가 들으면 철없다고 할지도 모르지만 아주 솔직히 말하면 가게가 한산했던 옛날이 더 좋았다. 그때의 엄마는 내가 놀러 가자고 조르면 잠시 고민하는 척하다 "그래, 어차피 손님도 안 올 텐데 우리 딸이랑 데이트나 하지 뭐!" 하고 가게 문을 닫는, 여유롭고 낙천적인 사람이었다. 경제 사정이 어려워도 "방법이 있겠지, 뭐!" 하고 웃어 버리는 사람. 요즘의 엄마는 좀 달라졌다. 가게는 이

주에 한 번씩, 일요일에만 문을 닫는다. 우리 집 떡볶이는 일 인분에 사천 원, 핫도그는 이천 원, 꼬마김밥은 두 개에 천 원, 참치김밥은 삼천오백 원이다. 초등학생들이 백 원짜리 오백 원짜리를 섞어서 내밀면 엄마는 하나하나 세어 보면서 "애! 삼천구백 원이야! 백 원 더 줘야지. 백 원 없어? 없으면 옆에 있는 친구한테 빌려. 친구도 백 원 없어? 애, 너 이름 뭐야? 세동초 강세호! 몇 반? 2반! 적어 놨다! 내일 백 원 꼭 가져와야 돼." 하고 장부에 꼼꼼히 기록한다. 모든 일에 느슨하던 엄마는 조금 깐깐하게 변했고, 나는 가끔 그런 엄마가 마음에 들지 않았다.

"그냥 주지, 왜 초등학생들한테 백 원 가지고 그래!"

내가 따지고 들면 엄마는 뻔뻔하게 말했다.

"엄마가 백 원이 아까워서 그러겠어? 이것도 다 교육이야."

"아까워서 그러는 거 맞는 거 같은데. 엄마 변했어. 그러지 좀 마."

겨우 한마디를 한 것뿐인데 엄마는 입 모양으로 '잔소리 마왕 또 시작이다.' 하며 투덜거렸다. 내가 째려보니 엄마는 약 올리듯 일부러 우스꽝스러운 표정을 지으며 말했다.

"흥, 뿡이다. 상관하지 마슈."

"그런 말투 쓰지 마. 애야?"

내가 친구들을 우르르 몰고 가면 엄마는 무척 기뻐한다. 친구들에게도 돈을 받긴 했지만 그때마다 '인자한 엄마 말투'로 채원이가 회장이기 때문에 공짜로 떡볶이를 제공하면 부정 선거 오해를 받을 수 있다며 이유를 설명했다. 그 대신 딸 친구들은 특별하니 떡볶이 일 인분 가격만 받고 핫도그에 꼬마김밥을 덤으로 주겠다고 선언했다. 엄마가 '인자한 엄마 말투'를 쓰는 것도 아니꼬웠지만, 평소에는 친하지도 않으면서 떡볶이가 먹고 싶을 때만 가게에 와서 애교를 부리며 음식을 털어먹는 애들이 더 얄미웠다. 하지만 나는 회장이니까 끝까지 웃으면서 애들을 대한다. 내가 생각해도 나는 꽤 어른스러운 편인 것 같다.

*

　교실 뒤쪽으로 자리를 옮겼다. 눈이 나쁜 민수가 맨 앞자리에 앉은 나에게 자리를 바꿔 달라고 해서 나는 창가 쪽 이서우의 옆자리로 갔다. 수업 시간에는 수업에만 집중하느라 여태껏 이서우가 어떻게 지내는지 몰랐는데, 이제야 이서우가 왜 숙제를 잘 챙기지 못했는지, 왜 선생님의 질문에 한 번도 제대로 대답하지 못했는지 알 것 같았다. 이서우는 수업 내내 엎드려 잤다. 자지 않을 때는 멍한 눈으로 창밖만 바라봤다. 그 애가 무슨 생각을 하는지 알 수가 없어서 나는 자주 답답함을 느꼈다. 한편으로는 창밖을 바라보는 눈동자가 너무 투명해서 신기했다. 나는 '차렷, 선생님께 인사.' 하

기 전 매번 이서우를 흔들어 깨웠다. 이서우는 내가 깨울 때마다 비몽사몽간에도 군말 없이 일어나 선생님께 꾸벅 인사하고 다시 엎드려서 잤다.

관찰한 결과, 여름 방학이 코앞으로 다가올 때까지 이서우는 친한 친구가 없었다. 같은 초등학교를 나온 옆 반 애들 몇 명과 인사는 하고 지내는 것 같았지만 아주 가깝지는 않아 보였다. 다행히 점심 때는 깨우지 않아도 벌떡 일어나 밥을 잘 먹었다. 혼자서도 꿋꿋이 급식을 두 번씩 배식받아서 먹었다. 우리 학교는 원래 급식이 맛있어서 일찍 가야 두 번 받아먹을 수 있었는데 이서우는 종 치기 전부터 이미 몸이 문 쪽으로 반은 기울어져 있었다.

오늘 이서우가 좋아하는 생선가스 나왔네. 이서우는 김치를 정말 좋아하네. 나도 김치 좋아하는

데. 해파리냉채는 남겼네. 나도 그건 좀 별로긴 했
어. 우리는 진짜 입맛이 비슷하다. 오늘은 야무지
게 바나나를 두 개 챙겼군. 근데 왜 난 이런 것까지
신경 쓰는 거야.

　나는 이서우를 관찰하다가 민망해지기 일쑤였
다. 왜긴 왜야. 이서우를 좋아하니까 그렇지, 뭐.
인정하니 당당해졌고 어깨를 펴니 고개가 끄덕여
졌다.

　이서우와는 좀처럼 길게 말할 기회가 없었다.
그나마 내가 회장이니까 뭘 챙겨 준답시고 문자라
도 할 수 있었지, 우리는 같은 동네에 살지도 않았
고, 그 애는 학원도 독서실도 안 다녔다. 방학이 가

까워질수록 초조해져 나는 괜히 전보다 자주 이서우에게 말을 걸었다.

이서우, 이번 주 네가 주번이라고 했어, 안 했어. 네가 청소 안 하고 가서 어제 내가 바닥 청소했단 말이야. 이번 시간 영어 수업이야. 교과서 꺼내.

내가 말이 너무 많았는지 이서우 대각선 방향에 앉아 있던 부회장이 다가와 "채원아, 너 이서우 때문에 스트레스 많이 받겠다. 왜 담임 선생님은 다 너한테 맡기고 그러냐. 내가 좀 도와줄까? 아예 우리가 이서우랑 스터디를 할까?"라고 속삭였다. 우리 반 부회장은 나만큼이나 책임감이 강하고 의욕이 넘치는 아이다. 난 바쁘다는 핑계로 부회장의 제안을 거절했다.

주말에 단둘이 도서관에 가자고 할까 하다가 내

가 생각해도 그건 좀 아닌 것 같아서 포기했다. 그 대신 영화 보러 가자고 할까, 아니면 마라탕을 먹으러 가자고 할까 망설이기만 하다가 방학이 시작되고 말았다. 내게 이렇게 답답한 면이 있는지 십오 년 만에 처음 알았다.

방학이 시작되고 이 주가 지났을 무렵, 우연히 이서우를 편의점에서 만났다. 우리의 만남은 정말 운명 같았다! 독서실 근처 편의점 야외 테이블에서 라면을 먹고 있었는데 이서우가 터벅터벅 걸어서 편의점으로 쑥 들어가는 게 아닌가. 나는 화들짝 놀라 테이블 밑으로 몸을 숨겼다. 그리고 쪼그린 채로 이서우를 관찰했다. 검은색 반바지에 초록색 민소매를 입은 이서우는 느릿느릿 걸어서 도시락 진열대 쪽으로 갔다. 그리고 오 분 넘게 삼각김밥 몇 개를 들었다 놨다 하더니 삼각김밥 한 개와 샌드위치, 라면과 생수를 품에 안았다. 이서우······ 왜 그런 거 먹어······. 그러니까 그렇게 말랐지. 밥 먹어, 아니면 과일 먹든가. 나도 라면으로 배를 채우는 주제에 이서우 장바구니에 참견하고 싶었다. 이서우는 장바구니를 계산대에 내려놓은 뒤 주머니에서 카드를 꺼냈다. 편의점 사장님은 이서우에게 알은척을 했다. 나는 귀를 쫑긋 세우고 그 목소리를 들었다.

"어제는 왜 안 왔니?"

"그냥요."

"이거 가져가서 동생이랑 먹어."

"아······ 괜찮은데."

이서우는 난감한 목소리로 우물쭈물했다. 표정은 보이지 않았지만, 나는 이서우가 편의점 사장님이 건넨 우유를 넙죽 받을 만큼의 넉살이 없다는 것쯤은 알았다.

"유통 기한 여섯 시간 지난 거야. 감사합니다, 하고 가져가서 먹어."

"감사합니다."

편의점 사장님은 딸기우유 두 팩과 폐기 도시락 두 개도 비닐봉지에 같이 담았다. 이서우는 파란색 카드를 사장님에게 건넸다. 그때, 나는 보았다. 내 시력은 왼쪽 오른쪽 모두 1.5였다. 저게 뭔지 알고 있었다. 급식 카드! 결식아동을 위해 나라에서 주는 카드였다. 초등학교 5학년 때 같은 반 친구였던 윤영이가 저 카드로 꽤 여러 번 밥을 사 준 적이 있었다.

이서우는 고개를 꾸벅 숙이고 편의점에서 나왔다. 그때 나는 나도 모르게 자리에서 급하게 일어나다가 큰 소리를 내며 테이블에 머리를 박고 주저앉고 말았다.

"거기서 뭐 해?"

이서우가 놀란 얼굴로 나를 내려다보았다. 난 이를 악물고 억지로 아픔을 삼켰다.

"아…… 어른들은 왜 여기다가 담배꽁초를 막 버리는 거지? 쓰레기통이 바로 저기 있는데. 아니, 애초에 여기는 금연 구역이란 말이야. 진짜 개념 없어."

나는 쪼그려 앉아 담배꽁초를 줍는 체했다. 이서우는 주춤주춤 다가와서 의자에 비닐봉지를 내려놓고 같이 꽁초를 주웠다.

"그러게. 진짜 개념 없는 사람들이 많네."

우리가 한참 동안 그렇게 주변 청소를 하고 있으니 편의점 사장님이 문을 열고 나왔다.

"너희들 뭐 하니? 세상에, 기특하구나. 고맙다, 얘들아."

사장님은 아이스크림을 하나씩 골라서 먹으라고 했다. 나와 이서우는 얼떨결에 아이스크림콘을 나란히 들고 파라솔 아래 앉았다. 무슨 말을 해야 할지 몰라 눈만 굴리고 있는데 의외로 이서우가 먼저 말을 걸었다.

"라면 다 불었네."

이서우의 말대로 고작 한 입 먹고 남긴 라면의 면발이 퉁퉁 불어 있었다.

"아…… 맞네."

"음식 남기면 벌 받아."

평소에 약간 흐리멍덩한 표정으로 다니는 이서우에게서 처음 보는 진지한 얼굴이었다. 어쩐지 야단맞는 느낌이 들어 나는 괜히 헛기침을 했다.

이서우가 아이스크림을 크게 베어 물었다. 입에 크림이 묻었다.

"맛있어?"

"맛있네."

"그래? 그럼 내 것도 먹어. 한 입도 안 먹었어."

팔을 쭉 뻗어 아이스크림을 내밀었는데 이서우는 고개를 절레절레 흔들었다.

"됐어. 네 건데 왜 날 줘."

"나 사실 아이스크림 안 좋아하거든."

엄마가 들으면 분명 어이없어할 테지. 내가 제

일 좋아하는 간식이 아이스크림이었다. 받을까 말
까 망설이는 것도 잠시, 이서우는 미심쩍은 듯 나
를 흘깃 본 후 결국 아이스크림을 받아 들었다.

"땡큐."

이서우가 아이스크림을 양손에 들고 먹었다. 아
이스크림을 먹고, 먹고 또 먹었다. 이서우가 아이

스크림을 먹는 동안 나는 그 모습을 한순간도 놓치지 않고 눈에 담았고, 먹는 소리를 귀 기울여 들었다. 먹을 때 신기하게도 냠냠, 하는 소리가 났다. 만화에 나오는 캐릭터 같았다. 이 예쁜 걸 나만 알아서 다행이다. 나는 문득 생각했다.

*

그리고 나는 오랜만에 윤영이에게 문자 메시지를 보냈다.

윤영, 뭐 함?

채원 웬일? 게임 중.

밥 먹었어?

먹는 중.

윤영이는 거의 다 먹은 편의점 도시락 사진을 내게 보내 주었다. 우리는 초등학교 6학년 때까지는 단짝이었지만 서로 다른 중학교로 배정되면서

전보다는 자주 만나지 못했다. 하지만 여전히 윤영이는 편한 친구였다.

초등학생 때, 우리는 수업이 끝나면 자주 학교 앞 분식집에 들러 떡라면 한 그릇과 김밥 한 줄을 주문해 나눠 먹었다. 계산은 거의 윤영이가 했는데 그 애가 "나 돈 있어! 내가 사 줄게!" 하고 시원시원하게 카드를 긁었기 때문에 나는 사양하지 않고 고마운 마음으로 얻어먹었다. 그런데 어느 날, 라면과 김밥을 다 먹고 계산하려 하니 가게 사장님이 곤란한 표정으로 떡라면은 오천오백 원, 김밥은 사천오백 원으로 각각 오백 원씩 올랐다고 말했다. 늘 씩씩하던 윤영이의 얼굴이 사색이 된 건 순식간이었다. 무슨 일인가 싶어 걱정하자, 윤영이는 한참 머뭇거리다가 조심스럽게 내게 물었다.

"혹시 천 원 있어?"

나는 엄마가 꼭 필요할 때만 쓰라고 가방 앞주머니에 넣어 둔 비상금 만 원으로 밥값을 계산했다. 윤영이는 천 원만 보태 주면 된다며 말렸지만, 난 내 나름대로 양심이 있고 염치를 아는 어린이였다.

그 대신 윤영이는 나에게 아이스크림을 사 주었다. 아이스크림을 하나씩 물고 집으로 가는 길에 윤영이는 내게 처음으로 급식 카드에 대해서 설명해 주었다. 윤영이가 보여 준 카드에는 '포유카드'라고 적혀 있었다. 이름이 참 이상하다고 생각하던 차에 뒷면을 보니 'FOR YOU CARD'라고 영어로 적힌 것이 보였다. 나는 언젠가 책을 읽다가 '포유'라는 단어에는 아기에게 젖을 먹인다는 뜻이 있다는 것을 알게 되었다. 두 가지의 뜻을 처음부터 생각하고 지은 이름인지 궁금했다. 어쨌든 우리는 그 날 이후로 그 분식집에 다시 가지 않았다. 그 대신 포유카드 한도인 구천 원으로 살 수 있는 다양한 조합의 삼각김밥과 컵라면을 찾아다녔다. 전주비빔삼각김밥과 참치마요삼각김밥, 비빔라면 하나, 사발면 하나, 그리고 바나나우유를 하나 사서 나눠 먹는 것이 우리가 선택한 베스트 조합이었다.

윤영, 요즘은 무슨 도시락이 맛있어?

CS일레븐 편의점에 파는 임금님수라상 도시락. 생선가스와 돈가스를 같이 맛볼 수 있고 밥이 쫀득해.

전문가 같다.

ㅋㅋ 도시락 박사님이라고 불러도 좋아. 채원, 나 떡볶이 먹고 싶은데 원떡볶이 놀러 가도 되냐.

당연한 거 아니야?

좋아, 조만간 간다.

아이스크림이랑 바나나우유도 사 줄게.

♥김채원♥

*

　이서우를 우연히 만난 다음 날부터 나는 그 편의
점 테이블에 앉아 하루 종일 이서우를 기다렸다. 그
냥 문자를 해서 만나자고 하면 간단하겠지만……
이상하게 그런 건 전혀 간단하지 않았다. 이서우에
게 집이 가깝냐고 넌지시 물었을 때 그 애는 편의
점에서 오 분 거리라고 대답했다. 편의점은 내가 공
부하는 독서실과도 오 분 거리에 있었다. 원래 다니
던 스터디 카페에 같은 반 애들이 너무 많아서 프
라이빗 독서실로 옮긴 게 신의 한 수였다. 독서실을
비우고 밖에 나와 있다는 것에 양심의 가책을 느끼
지 않으려고 나는 문제집을 풀면서 편의점에 손님
이 찾아올 때마다 고개를 들고 확인했다. 몸이 조금

뻐근하면 벌떡 일어나 스트레칭을 하고 편의점 주변 담배꽁초를 주웠다. 편의점 사장님은 내게 기특하다며 매일 이온 음료를 가져다주었다.

기다린 지 꼬박 사흘 만에 나는 다시 이서우를 만났다.

나는 이서우가 오자마자 자연스럽게 미리 사 둔 컵라면을 뜯어서 뜨거운 물을 받아 테이블 앞에 앉았다. 아직 식사 전이면 같이 먹자고 하려 했는데, 내가 말을 걸기도 전에 이서우는 라면에 물을 받아서 내 앞에 털썩 앉았다. 그래도 밖에서 한 번 봤다고 꽤 익숙해진 모양이었다. 나는 컵라면을 살 때 같이 산 임금님수라상도시락을 이서우에게 내밀었다.

"이거 너 먹어."

"이걸? 내가 왜?"

왜냐니? 너 돈가스 좋아하잖아. 생선가스는 더 좋아하잖아. 너를 위해 준비했어! 라고 말하기엔 너무 민망하고 멋쩍었다.

"라면이랑 같이 먹으려고 샀는데 생각해 보니까…… 별로 맛없을 것 같아서!"

수상쩍은 듯 눈을 가늘게 뜨고 바라보는 이서우에게 터무니없는 변명을 해 버렸다. 이서우는 그럼 집에 가져가라며, 자신은 이미 먹을 게 많다고 받지 않았다. 이상한 데서 고집이 있는 애였다. 이서우가 옆에 내려놓은 비닐봉지 안을 보니, 삼각김밥 두 개와 컵라면 두 개, 빵 하나와 1리터짜리 우유 하나, 그리고 생수가 들어 있었다. 하는 수 없이 앉은 자리에서 도시락 뚜껑을 열었다.

"그럼 나 생선가스 못 먹는데 좀 먹어 줄래?"

"음…… 그래."

"김치도 먹어 줄래?"

"너 좀 편식하는 편이네. 내 동생 여덟 살인데도 김치 먹는데."

이서우는 조금 의외라는 듯 고개를 갸웃하더니 생선가스와 김치를 자기 앞으로 가져갔다. 아니야, 이서우. 나 집에서 김치 없이는 밥 안 먹어.

"이게 저녁이야?"

이서우가 물었다.

"응, 너도 그게 저녁이야?"

이서우가 고개를 끄덕이며 보란 듯 뚜껑을 열었을 때, 나는 깜짝 놀랐다. 라면인 줄 알았던 것은 라면이 아니라…… 떡볶이였다. 간편 조리 떡볶이,

소스를 넣은 뒤 뜨거운 물을 붓고 전자레인지로 조리하는. 이서우는 나무젓가락으로 떡을 찔러서 충분히 익었는지 확인하더니 내 쪽으로 컵을 밀어 주었다.

"너도 먹어 봐. 이거 맛있어."

문득 의문이 들었다. 얘, 내가 분식집 딸인 거 모르나?

"너 떡볶이 좋아해?"

"좋아하지. 내가 제일 좋아하는 게 떡볶이인데."

언제나 무표정이던 이서우는 떡볶이 얘기를 하며 처음으로 미소 지었다.

"이서우 너, 내가 누군지 몰라?"

이서우는 눈동자를 도록도록 굴리더니(내가 좋아하는 배우와 닮은 그 연갈색의 예쁜 눈 말이다)

더듬더듬 대답했다.

"너? 우리 반 회장…… 김채원이잖아."

자신 없어 보이는 대답에, 나는 푸핫, 하고 웃음이 터졌다.

"왜 웃어?"

"아니야, 너부터 먹어."

이서우가 먼저 떡을 먹은 뒤, 나는 어묵을 집어 먹었다. 나쁘지 않았다. 대기업의 맛이니까. 하지만 특A급 떡볶이만 먹고 자란 인간으로서 이걸 맛있다고 흡입하고 있는 이서우가 안쓰러워 견딜 수 없었다.

우리는 임금님수라상도시락과 떡볶이를 나눠 먹었다. 꽤 푸짐하고 든든한 한 끼였다.

집에 돌아오는 길에 나는 급식 카드에 대해 자세히 검색을 해 보았고, 우리 집은 급식 카드 가맹점이 아니라서 이서우가 카드를 쓸 수 없다는 사실도 알게 되었다. 저녁 내내 내가 입이 댓 발 나와 있으니 엄마는 도대체 뭐가 마음에 안 드는 건지 제대로 말해 보라고 했다.

이서우가 우리 집 떡볶이를 못 먹는다는 사실이 속상해. 하지만 그렇게 솔직하게 말할 자신은 없었다. 나는 툴툴거리며 말했다.

"배고파서 화나! 빨리 밥 줘."

엄마는 접시 한가득 내가 좋아하는 어묵과(나는 떡보다 어묵을 더 좋아했다) 노른자를 잔뜩 부숴서 비빈 떡볶이를 담아 주었다. 엄마가 반으로 잘라 준 꼬마김밥에 떡볶이 소스를 찍어 먹으니 새삼

스럽게 천상의 맛이라는 생각이 들었다. 왜 이 떡볶이는 매일 먹어도 질리지 않는 걸까. 이 맛있는 걸 나만 먹고 있다니.

"나는 엄마가 우리 엄마라서 너무 좋아. 진짜 축복받았다고 생각해."

"김채원, 용돈 필요해?"

엄마는 경계하는 말투로 나를 의심스럽다는 듯 바라보았다.

"진심으로 하는 말이야. 엄마 떡볶이가 세상에서 제일 맛있어."

내가 한껏 진심을 다해 건넨 말에 엄마는 갑자기 자리에서 벌떡 일어나더니 가게 안을 이리저리 오가며 숨을 크게 들이쉬고 내쉬었다. 그러다가 우뚝 멈춰 서서 내게 물었다.

"무슨 일이야? 엄마 마음의 준비 끝났으니 이제 얘기해."

"내가 사고라도 쳤을까 봐?"

"아무것도 아니라면서 표정이랑 말투가 따로 놀잖아? 진짜 원하는 게 뭐야?"

묻고 싶었다. 이서우에게 이 떡볶이를 맛보게 할 방법이 있을까? 그 애가 부담 없이 세상에서 가장 맛있는 떡볶이를 먹을 수 있는 방법이.

*

"이서우, 이거 먹어 보고 맛 평가 좀 해 줄 수 있어?"

밤새 고민하고 연구해서 내린 결론은, 바로 이

거였다.

"평가?"

"우리 엄마 말이야. 곧 떡볶이 장사 시작하실 거거든. 뭐가 부족한지 알아야 해서, 여러 사람들에게 맛보여 주고 의견을 듣고 있어."

떡볶이는 보온 도시락 통에 담아 왔기 때문에 아직 따뜻했다. 이서우는 얼떨결에 내 손에서 젓가락을 넘겨받은 후 고개를 갸웃했다. 나의 재촉에 결국 떡 하나를 입에 넣었다. 천천히, 진지하게 맛을 음미했다. 이서우의 눈이 순간 반짝, 하고 커졌다.

"오! 맛있다! 정말 맛있는데? 그냥 이대로 팔면 되겠어."

물론 그렇겠지. 우리 집 인터넷 평점 되게 높아.

"그래? 정말 맛있어? 이거 팔면 장사 잘될까?"

이서우는 이 질문에는 쉽게 대답하지 못하고 한참 동안 신중한 표정으로 고민했다.

"내가 맛 평가단인 거잖아? 그러니까 진지하게 말해야 되는 거지?"

"어…… 뭐, 그래 주면 좋지."

"지금도 물론 맛있지만 이것보다 조금 더 맵게 만들면 어떨까. 나는 너무 매운 떡볶이는 별로라 지금이 더 좋기는 한데 사람들은 스트레스가 확 풀릴 만큼 매운맛을 좋아하니까. 그리고 토마토 맛이 좀 많이 나는 것 같아."

토마토? 아! 설마 케첩? 얘가 케첩 넣은 걸 어떻게 알았지? 케첩 두 스푼이 초등학생들 입맛을 사로잡은 우리 엄마의 비법이다. 엄마는 어린 내가 먹기에도 자극적이지 않은 떡볶이를 만들기 위해 노력했고, 그래서 우리 가게 떡볶이는 초등학생들이 특히 좋아하는 편이었다.

"케첩 맛일 거야. 그럼 케첩을 빼면 좋겠어?"

"응, 그리고 국물이 조금 텁텁한 느낌? 계란 노른자 맛이 느껴지는데, 빼면 어떨까."

계란 노른자를 으깨서 국물에 넣는 것도 엄마만의 비법인데, 빨간 떡볶이 국물에 섞여 어차피 보이지 않기 때문에 알아채는 사람은 거의 없었다.

"내 의견이야. 지금도 충분히 맛있어."

"알았어. 엄마한테 전해 줄게."

"근데 남은 거 내가 가져가도 돼?"

이서우가 물었다.

"당연하지. 너 먹으라고 가져온 거니까."

떡볶이는 네 명이 먹어도 충분할 만큼 양이 많

았다.

"고마워. 동생도 떡볶이 좋아하거든."

"도와줘서 내가 더 고맙지."

이서우는 기분이 좋은 듯 활짝 웃었다. 그렇게 웃으니 보조개가 생겼다. 우아, 이서우 보조개도 있구나. 감탄하는 사이, 이서우는 냠냠, 냠냠 소리를 내며 맛있게 떡볶이를 먹었다. 먹는 순간에는 참 행복해 보였다.

"역시 떡은 밀떡이 최고다. 혹시 이거…… 부산 어묵?"

귀신같은 이서우. 이서우가 맛있는 걸 더 많이, 자주 먹었으면 좋겠다고, 나는 생각했다.

*

    그렇게 나는 방학 동안 일주일에 세 번 정도 떡볶이와 도시락을 싸서 이서우와 함께 나눠 먹었다. 가끔은 사과와 바나나도 함께. 우리는 편의점 파라솔 자리를 한두 시간씩 차지하고 앉아 있는 대가로 편의점 주위에 떨어진 담배꽁초를 깨끗이 주웠다. 그러면 편의점 사장님은 우리에게 종종 아이스크림을 쥐여 주곤 했다.

    "이거 소고기 아니야?"

    이서우가 물었다.

    "응, 엄마가 곧 상할 것 같다고 빨리 먹어 치워야 한다 그래서."

    나는 이서우가 내 말을 믿든지 말든지 별로 신

경 쓰지 않고 그냥 둘러대기 바빴다. 도시락 통을
다 비우면 그냥 내 기분이 좋았으니까, 그것으로
충분하다고 생각했다. 이서우는 처음에는 부담스
러워하는 것 같더니 나중에는 내가 싸 온 음식들을
잠자코 먹어 주었다. 떡볶이를 나눠 먹는 것도 좋
았지만 이서우의 새로운 면을 알아 간다는 것이 좋
았다. 난 이서우를 좋아하면서도 이서우는 말이 없
고, 소심하고, 집중력이 부족하고, 공부를 못하고,
손이 많이 가서 챙겨 줘야 하고, 눈치가 없고, 사교
성이 별로 없고, 답답하다고 생각했다. 하지만 보
면 볼수록 이서우는 은근히 똑 부러지고, 말이 많
고, 웃기고, 신세 지는 것을 싫어하고, 감이 좋았다.

　"그러니까 내 말은, 감칠맛을 말한 거였는데 이
건 너무 자극적이야. 왜 떡볶이에서 새우젓 맛이

나? 이런 말해서 미안한데, 떡볶이 맛이 점점 이상해지는 것 같아. 솔직히 처음에 먹은 떡볶이가 제일 나아."

"그……래?"

"뭔가 내가 망치고 있는 것 같아."

이서우의 말은 반은 맞고 반은 틀렸다. 나는 이서우가 조금 매운 게 좋다고 해서 완성된 엄마 떡볶이 위에 몰래 고춧가루를 한 숟갈 넣기도 했고, 이서우가 급식으로 나온 카레를 잘 먹었던 게 생각나 카레 가루를 조금 넣어 보기도 했다. 먹을 때는 잘만 먹어 놓고서 이상하다니! 조금 심술이 나려했지만 열심히 표정 관리를 했다.

"김채원."

"응?"

"내일은 내가 떡볶이 사 줄게."

이서우는 조금 의기양양하게 말했다. 기분이 좋다기보다는 당황스러웠고 조금 부담스럽기까지 했다.

"아니야, 됐어. 네가 왜. 너나 맛있는 거 사 먹어."

"왜? 나는 사 주면 안 돼?"

이서우의 표정은 조금 서운해 보이기도, 실망스러워 보이기도, 슬퍼 보이기도 했다. 그제야 내가 이서우의 기분을 살피지 않고 말했다는 걸 자각하게 되었다. 그렇게 속상한 표정을 지으면 어쩔 수가 없잖아.

"아니다! 그럼 사 줘. 근데 좀 걸리는 건, 내가 꽤 많이 먹거든. 이서우 너 두 배 정도? 괜찮겠어?"

이서우가 눈을 동그랗게 떴다. 우리 둘은 키가 거의 똑같아서 눈높이가 비슷했다. 밝은 갈색의 눈동자를 가까이에서 볼 수 있어 정말 좋았다. 그까짓 거 얻어먹어 주지, 네 기분이 풀릴 때까지 많이 먹어 주겠어, 하고 다짐했다.

하지만 이런 건 예상하지 못했다. 이서우가 걸어가는 방향이 약간 께름칙하다고는 생각했는데, 진짜로 이곳일 줄이야.

"인터넷 검색해 봤는데 여기가 제일 맛있다고 하더라. 맛집 다니는 게 제일 좋은 공부라고도 하잖아."

이서우가 발걸음을 멈춘 곳은 '원떡볶이'였다. 뙤약볕 아래를 걷고 있는데도 내 등 뒤로 식은땀이

흘러내렸다. 이서우, 너 원떡볶이가 왜 원떡볶이인 줄 아니? '채원이네 떡볶이'로 하려던 걸 내가 말려서 '원떡볶이'로 바꾼 거야!

"난 여기 별론데. 난 엽기토끼떡볶이가 좋아, 아니면 상어떡볶이나. 이서우! 우리 중앙상가 쪽으로 가는 거 어때!"

내가 보폭을 줄여 느릿느릿 걸어 봐도, 이서우의 발길을 돌릴 수는 없었다.

"거기는 프랜차이즈라서 크게 특별한 건 없을 거야. 후기에서 여기 떡볶이가 특이하고 맛있대. 숨겨진 비법이 있다고 하더라."

비법이라고 할 것도 없어. 너도 알잖아! 케첩 두 스푼, 노른자 으깨서 넣기! 그리고 우리 엄마는 접시에 담은 후에 참기름을 딱 한 방울 넣어. 더도 말고 덜도 말고 딱 한 방울! 그게 다야.

이서우는 내 표정은 아랑곳하지 않고 성큼성큼 원떡볶이를 향해 걸었다.

"김채원, 너 많이 더워 보인다. 슬러시 사 줄까?"

내 얼굴에 식은땀이 흘렀나 보다. 내가 가게 앞에서 미적거리자 이서우는 내 옷을 잡아끌었다. 어느새 원떡볶이 문턱을 넘기 직전이었다. 많은 생각이 스쳤다. 엄마가 눈치껏 나를 모르는 척해 줄까? 그럴 리가. 아니 근데 이서우 얘는 어쩌려고 여기에 온 거지. 우리 집은 급식 카드도 못 쓰는데. 이서우에게 부담을 주고 싶진 않았다. 나중에, 우리 집이 급식 카드 가맹점이 된 후에, 이서우를 맞이할 준비를 끝낸 후에 데려오려고 했다. 이렇게 내가 원떡볶이집 딸이라는 걸 당장 알리고 싶진 않았는

데! 언젠가는 꼭 말하려고 했지만 이런 식은 아니
었어.

"어머, 채원이 친구니?"

그리고 나의 고민은 문턱을 넘기도 전에 끝나
버리고 말았다.

엄마가 반갑게 이서우에게 채원이 친구냐고 물
었을 때, 이서우는 무슨 말인지 이해하지도 못한
채로 엉거주춤 엄마에게 인사했다. 내가 고개를 푹
숙이고 "우리 엄마야. 여기 우리 가게야. 저기, 황
당하겠지만 내가 다 설명할게." 하고 중얼거리듯
말하자 이서우는 주춤주춤 자리에 앉았다. 엄마가
떡볶이를 만드는 동안 이서우는 가게를 두리번거
렸다. 여전히 이곳이 우리 가게라는 게 얼떨떨한

모양이었다.

"처음 보는 친구네. 채원이 반이야? 앞으로도 자주 와. 잘 먹네. 떡볶이 좋아하니? 김밥 더 줄까? 너도 스마일스터디 다녀? 학원 안 다닌다고? 그럼 인강 듣나 보네? 인터넷 강의도 안 듣는다고? 어머 진짜? 너 자유로운 영혼이구나?"

이서우는 속사포 같은 엄마의 질문에 쑥스러워하면서도 조근조근 대답했다.

"엄마, 그만 좀 물어봐. 애 불편해하잖아."

"나 안 불편한데."

이서우가 나를 멀뚱히 쳐다보며 말했다.

"아니야, 너 불편해."

"아닌데. 편한데……."

이서우가 혼잣말하듯 중얼거리다가 다시 떡볶

이를 세 개씩 집어 입에 넣었다. 엄마는 자신이 이
겼다는 듯 나를 보고 픽 웃었다.

"흥! 뻥이다. 서우가 안 불편하다는데 왜 자기가
난리래. 서우야, 채원이 재는 있지, 집에서도 자기
가 회장인 줄 알아. 별걸 다 간섭하고 그래."

이서우가 풋, 하고 웃음을 터뜨렸다. 입가에 빨
간 떡볶이 소스가 묻어 있었다.

"서우야, 떡볶이 어때? 맛있어?"

"네! 진짜 맛있어요. 최고예요."

이서우가 엄지를 척 들고 칭찬하자, 엄마는 신
나서 우리에게 묻지도 않고 참치김밥과 꼬마김밥,
핫도그까지 접시에 담아 왔다.

"김채원, 너도 먹어. 내가 쏜다고 했잖아."

이서우가 내 귀에 대고 속삭이듯 말했다. 그 말

이 고마우면서도, 이서우를 속였다는 사실이 미안해 먹는 둥 마는 둥 했다.

이서우는 떡볶이와 참치김밥 한 줄, 꼬마김밥 네 개, 핫도그 하나 값인 11,500원을 냈다. 엄마는 떡볶이값 사천 원만 받고 나머지는 서비스로 준 것이니 어서 도로 가져가라고 했지만 이서우는 고집스럽게 돈을 받지 않았다. 나랑 같이 먹은 건데, 11,500원은 큰돈인데. 이서우 주머니에서 나온 구겨진 돈을 보니 내가 아주 큰 잘못을 저지른 느낌이 들었다. 이서우는 꾸벅 인사를 한 뒤 엄마가 말릴 새도 없이 도망치듯 가게를 나갔다.

떡볶이를 먹는 동안은 분위기가 나쁘지 않았다고 생각했는데, 그래도 기분이 상했겠지? 나를 이상한 애라고 생각하겠지? 나는 후회되고 초조한 마음에 이서우를 쫓아갔다.

"야! 이서우! 잠깐만! 잠깐만 서 봐!"

이서우는 바로 멈춰 섰다. 그리고 천천히 돌아섰다. 이서우는 처음 보는 표정을 하고 있었다. 그건 무슨 표정일까? 화난 표정? 서운한 표정? 아니었다. 서우는 무너지지 않기 위해 안간힘을 쓰고 있었다. 우리 사이에 5미터 정도의 거리가 있었다. 나는 그 아이에게 더 다가가지 못했다.

"김채원 너, 나 급식 카드 쓰는 거 알고 있었지."

그런 걸 물을지는 몰랐기 때문에 나는 머뭇거리다가 그냥 고개를 푹 숙였다.

"그래서 그동안 도시락 싸 준 거지? 내가 많이 불쌍해 보였어?"

이서우의 목소리가 떨렸다. 나는 번쩍 고개를 들고 이서우가 오해하고 있는 부분들을 해명하려고 했다.

"뭐? 아니, 아니야. 그런 거라기보다는……."

그런 거라기보다는, 나는 그저…… 그저 뭐? 나는 서우가 납득할 수 있을 만한 이유를 꺼내 놓고 싶었지만 머리가 새하얗게 변해 아무 말도 할 수가 없었다.

"처음에는 맛 평가단 어쩌고 하는 거 믿었는데, 계속 네가 소고기, 고등어, 간장게장 같은 거 싸 오니까 알겠더라. 넌 회장이니까, 나 같은 애들 원래 잘 챙겨 줬으니까……. 그래서 그런 거구나, 그냥 알게 됐어. 어쨌든 고마운 건 사실이었고, 도시락이 맛있기도 했는데 기분이 좀…… 뭐랄까, 씁쓸하더라."

"미안해."

"아니야. 나야말로 맛있게 다 받아먹어 놓고 이래서 미안해. 오늘은 내가 맛있는 거 사 주고 싶었는데, 너는 거의 먹지도 못하더라."

　이서우는 여름 동안 많이 탔다. 햇볕을 받은 이마에 땀이 송골송골 맺혔다. 머리도 많이 길었다. 많이 먹었다고는 하지만 살은 하나도 안 오른 것 같아서 마음이 좋지 않았다. 일주일에 삼 일만 맛있는 걸 먹어서 그런 걸까? 개학을 하고, 일주일에 오 일 맛있는 급식을 먹으면, 이서우는 지금보다 살이 좀 찔까? 그러면 키가 좀 클까?

　"미안해."

　내가 한 말인지 이서우가 한 말인지 모르겠지만, 누군가 미안하다고 말했다. 그리고 우리 사이에 더는 아무 말도 오가지 않았다. 이서우가 내게서 멀어지는 동안, 나는 바보같이 바라보고만 있었다.

*

나 같아도 기분 나쁠 것 같다.

나는 고백하듯 지금까지 이서우와 있었던 모든 일들을 윤영이에게 이야기했고, 일의 전말을 듣게 된 윤영이는 단호하게 말했다. 그건 네가 정말 잘못한 거라고.

나도 내가 왜 그랬는지 모르겠어. 이래서 사람은 거짓말하고 살면 안 되나 봐. 그렇게 딱 걸릴 줄이야.

근데 있잖아, 너 그럼 나도
불쌍하다고 생각했어?

그럴 리가 없잖아. 엄마가 분식집 하기 전까
지는 내가 너한테 더 많이 얻어먹었는데 그럼
네가 나를 불쌍하게 생각한 거 아니야?

아닌데, 나는 너랑 있으면 재밌어서
같이 밥 먹자고 조른 건데.

나도 마찬가지야. 나도 이서우랑
있으면 비슷해. 그냥

나는 거기까지 메시지를 쓰고 망설였다. 오랫동
안 키보드 위에서 손가락이 방황했다.

그냥 뭐?

그냥 좋아서 그런 거지 뭐.

그럼 그렇게 말하면 되겠네.

용기가 안 나.

용기를 내면 되겠네.

야! 나 진지하다고!

미안한데 너무 졸려. ㅋㅋ
이미 결론은 나온 것 같으니 난 자러 간다.

윤영이는 이미 결론이 나왔다고 했지만 내가 용기를 내서 고백하면 끝나는 문제인지 확신이 서지 않았다. 나는 밤새 이서우에게 어떻게 사과의 말을 전해야 할지, 어떻게 말해야 그 애의 마음이 다치지 않을지 고민했지만 명쾌한 해답은 찾을 수 없었다.

*

개학이 사흘 앞으로 다가왔다. 이서우를 보지 못한 지는 닷새째였다. 우리가 만났던 편의점 앞에서 닷새 내내 기다렸지만 그 애는 모습을 드러내지 않았다. 편의점 사장님 역시 이서우의 행방을 알지 못한다고 했다. 혹시 무슨 일이 생긴 게 아닌가 싶어 안부를 묻는 메시지를 보내 봤지만 답장조차 없었다. 내가 잘못한 건 인정하지만 이렇게 대화조차 거부하다니! 처음에는 미안함만 가득했던 마음이 점점 변해 갔다. 그래도 꽤 친해졌다고 생각했는데 나만의 착각이었다니 섭섭했고, 조금 우울해졌다. 좋아하는 애에게 미움받는다는 건 슬프고 힘든 일이었다.

편의점 파라솔 밑으로 그늘이 드리워져 있기는 했지만 내내 찌는 듯한 더위를 견디려니 온몸에 기운이 빠졌다. 나는 테이블에 잠시 엎드려 눈을 감았다. 아주 잠시만 그러고 있을 예정이었다. 이서우가 올 때까지만. 누군가의 발걸음 소리가 들리면 냉큼 몸을 일으킬 생각이었다. 이서우를 놓치면 안 되니까.

몸이 피곤하니 시끄러운 매미 울음소리가 자장
가처럼 들렸다. 얼마나 좋았을까. 문득 어디선가
바람이 일었다. 그 바람이 이마에 맺힌 땀방울들을
식혀 주는 것이 느껴졌다.

누군가 내 이름을 불렀다.

"김채원, 일어나."

무언가에 홀린 듯 눈을 떴다. 몸을 일으켜 보니
이서우가 내 문제집으로 부채질을 해 주고 있었다.

"야!"

나는 반가움과 서러움이 한꺼번에 몰려와 원망
스러운 표정으로 눈을 흘겼다. 이서우는 아무 말
없이 옅은 웃음을 지었다. 그 애는 바닥에 내려놓
았던 장바구니를 테이블에 올렸다.

"덥지. 이거 같이 먹자."

이서우가 테이블에 올려놓은 것은 여러 개의 보온 도시락 통과 반찬 통이었다, 내가 떡볶이와 과일을 담아 주곤 했던. 이서우는 그중에서 하나를 열더니 내 쪽으로 밀어 주었다. 수박이었다.

"이게 뭐야?"

"뭐긴, 수박이잖아."

이서우가 건넨 포크를 얼떨결에 받아 들고 나는 네모반듯하게 잘린 수박을 입에 넣었다.

"시원하고 달다."

수박을 먹자 내가 심한 갈증을 참고 있었다는 걸 깨달았다. 나는 수박을 와구와구 먹으면서 이서우가 가져온 반찬 통들을 열어서 하나하나 확인했다. 그러다가 웃음이 터졌다. 하나에는 대파가 가득, 하나에는 방울토마토가 가득, 하나에는 땅콩이

가득 들어 있었다.

"이게 다 뭐야? 맛있겠다."

"엄마가 통 돌려줄 때는 빈 통으로 주는 거 아니라고 그랬어. 대파랑 방울토마토는 나랑 내 동생이 직접 키운 거야."

이서우는 대수롭지 않은 척 말했지만, 조금 뿌듯해하는 것이 느껴졌다. 이렇게 귀한 걸 준다고 다 받아도 되나, 고민하다가 문득 알게 되었다. 무언가를 받을 때도 용기가 필요하다는 걸. 이서우 역시 그동안 나를 위해 주었다는 것을.

두둥실, 내 몸이 떠오르는 것 같은 느낌이 들었다. 이제는 도저히 참을 수가 없어 결국 재채기하듯 내뱉고 말았다.

"냠냠!"

갑작스러운 외침에, 이서우가 소스라치게 놀라 눈을 크게 떴다.

"뭐?"

"냠냠. 난 그 소리 들으려고 도시락 싼 거야. 네가 불쌍해서 싼 거 아니야. 너 밥 먹을 때 냠냠, 냠냠, 하면서 먹잖아. 그거 귀여워서 좀 보려고 우리 집 냉장고 턴 것뿐이라고. 그게 다라고! 엄마가 떡볶이집 사장이라는 거 너한테 속인 건 미안해. 그냥 먹으라고 하면 넌 안 먹을 것 같아서, 그래서 그랬어. 사과할게!"

이서우는 얼떨떨한 표정으로 나를 물끄러미 바라보다가 장난기 어린 얼굴로 말했다.

"음…… 너무 당당하게 말하는 거 보니 별로 안 미안한 것 같은데."

"아니야. 나 되게 미안해하고 있어."

내 마음이 전달되기를 바라며 진심을 담아 말했다. 서우는 자신의 이마에 맺힌 땀을 손으로 훔치더니 포크에 수박을 꽂아 내게 내밀었다. 그 수박이 아주 잠시 꽃다발처럼 보였다고 말하면, 윤영이가 코웃음 치겠지. 우리는 거의 동시에 웃음을 터뜨렸다. 서우 볼에 내가 좋아하는 보조개가 깊게 파였다. 더 이상 찌는 듯한 더위는 느껴지지 않았다.

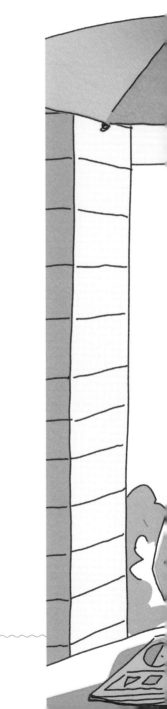

백온유

동정이나 연민이 섞이지 않은, 순도 높은 사랑을 그려 내고 싶었다.

좋은 것을 함께 나누고 싶은 마음.

간명해서 아름다운 감정.

채원과 서우의 여름은 견딜 만한 계절이었을 것이다.

소설의
첫만남 **32**

냠냠

초판 1쇄 발행 | 2024년 6월 21일
초판 2쇄 발행 | 2024년 7월 17일

지은이 | 백온유
그린이 | joggen
펴낸이 | 염종선
책임편집 | 안신희 구본슬
펴낸곳 | (주)창비
등록 | 1986년 8월 5일 제85호
주소 | 10881 경기도 파주시 회동길 184
전화 | 031-955-3333
팩스 | 영업 031-955-3399 편집 031-955-3400
홈페이지 | www.changbi.com
전자우편 | ya@changbi.com